VENTE DU 7 JANVIER 1887

HOTEL DROUOT, SALLE N° 4

GRAVURES ANCIENNES

EAUX-FORTES

VUES

ANCIENNES ET MODERNES

CHATEAUX ET MONUMENTS

PEINTURES, AQUARELLES

DESSINS

GRAVURES EN LOTS

Par le ministère de M⁰ **LECHAT**, Commissaire-Priseur,
6, rue Baudin (square Montholon).

Assisté de M. **DELORIÈRE**, Expert, Marchand d'Estampes,
15, rue de Seine.

PARIS — 1887

VENTE DU 7 JANVIER 1887

HOTEL DROUOT, SALLE N° 4

GRAVURES ANCIENNES

EAUX-FORTES

VUES

ANCIENNES ET MODERNES

CHATEAUX ET MONUMENTS

PEINTURES, AQUARELLES

DESSINS

GRAVURES EN LOTS

Par le ministère de Mᵉ **LECHAT**, Commissaire-Priseur,
6, rue Baudin (square Montholon).

Assisté de M. **DELORIÈRE**, Expert, Marchand d'Estampes,
15, rue de Seine.

PARIS — 1887

CONDITIONS DE LA VENTE

La vente sera faite au comptant.

Les Acquéreurs payeront CINQ POUR CENT en sus des enchères, applicables aux frais.

L'Expert se réserve la faculté de rassembler ou diviser les lots.

Aucune réclamation ne pourra être acceptée l'adjudication prononcée.

M. Delorière remplira les commissions des personnes qui ne pourraient assister à la vente.

DÉSIGNATION

GRAVURES — EAUX-FORTES

GRAVURES ANCIENNES

PLANCHES GRAVÉES

1 — L'apparition du berger à saint François d'Assise. Eau-forte. Très belle épreuve d'artiste.

2 — L'appel. Belle eau-forte sur japon.

3 — **Barber Burton**. — L'Aumône de l'enfant. Très belle épreuve, pièce anglaise.

4 — **Beaumont** (de). — Au bal masqué, — A la Campagne. Quatorze pièces, épreuves sur blanc.

5 — **Blanchard**. — La Madone de Saint-Sixte, d'après Raphaël.

6 — **Bracquemond**. — Portrait d'Érasme. Très belle épreuve sur chine sans lettre.

7 — **Bracquemond**. — L'hiver. Portrait d'homme assis dans un jardin. Frontispice. Trois pièces.

8 — **Bracquemond**. — La recherche de l'Inconnue. Très belle épreuve sur japon.

9 — **Bracquemond**. — Le haut d'un battant de porte Très belle épreuve sur japon.

10 — **Bracquemond**. — L'Éclipse, eau-forte originale
pour les *Sonnets*. Belle épreuve d'artiste sur hollande.

11 — **Bracquemond**. — Portrait de Monsieur Robert,
eau-forte originale. Belle épreuve sur japon.

12 — **Bracquemond**. — Les sermons du Père Gavazzi,
chaplain de Garibaldi. Épreuve japon rare.

13 — **Bracquemond** (d'après Madame). — **La Comédie**,
gravé par Léon Gontil.

14 — **Béraud** (d'après). — La salle Graffart, **lithographie**
par Lunois. Belle épreuve sur japon.

15 — **Bernier**. — Le Vallon. Mongin le jeune blessé. Deux
pièces épreuves sur japon et épreuve sur hollande
artiste avec deux remarques.

16 — **Boilly**. — Réunion de portraits d'artiste. Deux pièces.
Une est terminée et la seconde a le trait de chaque portrait avec le nom.

17 — **Boisseau**. — Le Troubadour, — Dernier embarque-
ment des filets. Deux épreuves d'artiste.

18 — **Bonnat** (d'après). — Portrait de Garnier, d'après
Bonnat, gravé par Devaux. Épreuve avant lettre.

19 — **Buhot**. — La fête nationale au boulevard Clichy.
Belle épreuve sur japon.

20 — **Bellanger**. — Le docteur Delpeau, entouré de ses
élèves à la Charité, d'après Feyen Perrin. Épreuve
signée.

21 — **Callot**. — Tentation de saint Antoine. Belle épreuve
contre-colée, manque un morceau dans la marge
du bas.

22 — Benjamin-Constant-Justinien, — Pathenhofen-Halte.
Deux pièces. Belles épreuves.

23 — Caricatures, Siège et Commune et autres. Un lot.

24 — **Casanova**. — Les Andalouses. Belle eau-forte sur japon.

25 — Le Centaure et la Centauresse. Eau-forte. Très belles épreuves sur japon.

26 — **Chassériau** (T.). — Apollon et Daphné. Épreuve avant et avec lettre, — Jésus au jardin des Oliviers, — Le R. P. Dominique Lacordaire. Quatre pièces.

27 — **Cham**. — Quatorze pièces sur blanc.

28 — Charlet, Raffet, Locillot, C. Vernet, Bellangé, Guillon, Valmont. Sujets chevaux, voitures, chasses, etc.

29 — **Clot**. — Portrait de Monsieur Pasteur. Belle épreuve.

30 — **Corot** (d'après). — Le Canal, — La Chaumière. Deux pièces.

31 — **Cottin**. — La part des chiens, d'après Williams, — La part du maître, d'après Viardot. Deux planches gravures sur acier.

32 — **Daubigny**. — Soleil couchant. Épreuve d'artiste sur japon.

33 — **Daubigny**. — Les perruques blondes. Épreuve sur japon.

34 — **Deveria**. — Portraits en pied de comte de Clermont, chef d'Albanais, et d'un Valencien.

35 — **Desbrosses**. — L'Etang. Très belle épreuve sur japon.

36 — **Desbrosses**. — Le vieux pont, — La mare aux vaches. Deux pièces. Épreuves sur chine.

37 — **Desbrosses**. — Dans les prés. Une porte originale. Épreuve sur chine.

38 — **Dupain**. — Le passage de Vénus, — La Rentrée, par J. Héreau. Deux pièces. Épreuves d'artiste et épreuve de remarque.

39 — **Durandeau**. — Portraits de Frédéric Lemaître, — Octave Feuillet. Deux pièces parues dans le journal *Le Boulevard*.

40 — Femme retenant une vache dans un pré. Très belle épreuve de remarque signée sur hollande.

41 — **Forain**, J.-L. (impressionniste). — Ces Dames, — Dans la rue, — Au concert, — Dans les coulisses, — Au restaurant, — Avec Alphonse.

42 — Un Jour de fête, d'après Fourié, — Le Lendemain de paye, d'après V. Marec. Deux très belles épreuves artiste, avec deux remarques sur hollande.

43 — **Fragonard** (d'après H.) — Les Jets d'eau, eau-forte, T. de M***. Belle épreuve sur chine.

44 — **Flameng** (J.) — Jésus visitant les malades et les paralytiques. Très belle épreuve sur chine.

45 — **Flameng**. — Coquetterie, d'après Stevens. Belle eau-forte sur japon.

46 — **Flameng** (L.). — Portrait de Greuze, peintre, d'après lui-même. Épreuve d'artiste sur chine et le nom à la pointe.

47 — **Fortuny**. — La Signature du contrat. Belle épreuve.

48 — Ferme au bord de l'eau, eau-forte originale, par un artiste sans mains. Epreuve d'artiste, japon.

49 — **Fortuny**. — Tête de décapité. Eau-forte, signée.

50 — **Gaillard**. — Portrait de condottière, d'après Antonello de Mecine. Epreuve sur chine.

51 — **Gaillard**. — La tête de cire du musée de Lille. Superbe épreuve d'artiste sur chine, signée.

52 — Louis-Edouard Pie, évêque de Poitiers. Très belle épreuve.

53 — Dom Prosper Gueranger, abbé de Solesmes, dessiné et gravé par Gaillard. Belle épreuve sur chine.

54 — **Gaillard**. — Saint Sébastien. Belle épreuve sur hollande.

55 — **Gavarni**. — Costumes divers pour travestissements. Seize pièces.

56 — **Gérard** (d'après). — Hippocrate refusant les présents d'Artaxercès. Epreuve encadrée.

57 — **Girardet**. — Funérailles égyptiennes. Un lot d'épreuves en divers états.

58 — **Gérôme**. — Molière chez Louis XIV, gravé par Girardet. Epreuve d'essai avant toutes lettres.

59 — **Greuze** (d'après). — La Cruche cassée. Deux épreuves.

60 — **Giraud**. — Deux eaux-fortes originales pour les *Sonnets et eaux-fortes*.

61 — Les Affamés, d'après Geoffroy. — A travers la lande, eau-forte originale de A. Beauvais. Deux pièces. Epreuves d'artistes sur hollande, avec deux remarques.

62 — **Gauthier**. — Le Château de Chillon. Très belle épreuve sur chine.

63 — **Gauthier** (Lucien). — Le Port de la Joliette à Marseille, belle eau-forte. Epreuve de remarque sur japon, signée.

64 — Le Vieux port à Marseille. Belle épreuve de remarque sur hollande.

65 — Un coin du Vieux port à Marseille. Belle épreuve de remarque sur japon, signée.

66 — Fables de La Fontaine. Trente et une pièces dessinées et gravées par Punt et Vinkeler. Belles épreuves.

67 — **Hanoteau-Zuber**, — Très belles épreuves avec remarques.

68 — **Hamman** (d'après). — Le chancelier de l'Hôpital. lithographie de Mouilleron.

69 — **Heim** (d'après). — Charles X distribuant des récompenses dans le grand salon du Louvre, gravé par Jazet. Très belle épreuve.

70 — **Heilbuth**. — Beau temps, eau-forte de L. Coutil. Epreuve sur chine.

71 — **Herau, J. Brendel, Weber, Greux, Appian, Lalanne, Besnos** et autres. — Dix pièces. Belles épreuves.

72 — **Herman** et **Barillot**. — Deux eaux-fortes. Belles épreuves.

73 — **Jacquemart**. — Bijoux antiques, — Armes du seizième siècle, — Buste de Henri II, — L'éclat d'obus. Quatre pièces.

74 — **Jacquemart**. — L'Écureuil et la Mouche, — Le Coq. Deux pièces. Belles épreuves.

75 — **Jacquemart**. — Les Gemmes et Joyaux de la Couronne. Trois pièces. Belles épreuves.

76 — **Jacquemart** (J.). — Gemmes et Joyaux de la Couronne. Trois pièces. Belles épreuves.

77 — **Jacquemart**. — Portrait de Rembrand, — Le Christ à la colonne, — Ancienne habitation à Fécamp. Trois pièces.

78 — **Jazet**. — Le général Lassalle, d'après Gros. Très belle épreuve.

79 — **Jazet**. — Portrait en pied de David, d'après Ordevaer. Très belle épreuve.

80 — **Lalanne**. — Vues diverses. Sept pièces.

81 — **Lançon, Chifflard, E. Frère, Rochebrune**. Neuf pièces. Belles et bonnes épreuves.

82 — **Legros, Duez, Dupray**. — Quatre pièces. Belles épreuves.

83 — Lithographies par divers artistes. Dix-sept pièces.

84 — **Longepied**. — Pêcheur ramenant dans ses filets la tête d'Œdipe. P. Sain. Coucher de soleil. Deux épreuves d'artiste.

85 — **Millet**. — L'Angelus, gravé par Martial. Epreuve sur chine.

86 — **Millet**. — La fin du jour. Epreuve sur hollande.

87 — **Millet**. — La Soupe. Epreuve sur hollande.

88 — **Millet**. — La Brûleuse d'herbes. Epreuve sur japon.

89 — **Millet**. — Le Repos. Epreuve sur japon.

90 — **Millet**. — La Femme versant de l'eau. Belle épreuve sur japon.

91 — **Moreau le Jeune** (d'après). — Soixante-dix-huit pièces in-8 pour illustrer les œuvres de Voltaire. Belles épreuves.

92 — **Murillo**. — La Naissance de la Vierge, gravée par Massard. Très belle épreuve avant lettre. Avec dédicace.

93 — **Nanteuil** (Célestin). — Frontispices et titres de Romances. Neuf pièces. Très belles épreuves.

94 — Portraits d'artistes. Onze pièces. Belles épreuves.

95 — **Pelée**. — Sainte Cécile, d'après Raphaël. Belle épreuve.

96 — **Le Poitevin**. — Diableries. Douze pièces avec couverture. Paris. Londres.

97 — **Pattein**. — Retour des champs. Epreuve sur chine.

*

98 — **Pérignon** (d'après). — Le comte de Chambord. Lithographie de Léon Noël. Encadré.

99 — **Protais**. — Devant Metz. Belle eau-forte originale.
Sur Japon.

100 — Paysages. Eaux-fortes diverses. Dix pièces. Epreuves
sur japon et hollande.

101 — **Raffet**. — Géricault, Bellanger. — Vingt-cinq
pièces.

101 *bis* — **Raffet**. — La Prise et retraite de Constantine.
Dix-sept lithographies originales et la couverture.

102 — **Raffaëlli** (J.-E.). Impressionniste. — Paysage d'hiver.
Marchand de marrons. Sur la route. A table. Quatre
pièces. Eaux-fortes originales.

103 — **Raphaël** (d'après). — La Vierge à la Chaise. La
Vierge aux Candélabres. — Deux pièces.

104 — **Ribot** (d'après). — Les Gâte-Sauce. Lithographie par
Vernier.

105 — **Ribot**. — La Pipe. Pour les *Sonnets et Eaux-Fortes*.
Eau-forte originale. Epreuve d'artiste.

106 — **Sauvée** (d'après Roland). — Le Coiffeur arabe. Dis-
parition de l'ange devant la famille de Tobie. Trois
épreuves d'artiste. Une sur hollande avec remarque, et
une sur japon.

107 — **Rops**. — Frontispice pour les *Souvenirs de Barbizon*.
Belle épreuve.

108 — Romances. Entêtes et grands sujets, par Borot, Tellier,
Leroux, Roqueplan, Théophile, Grenier, Grandville,
Challamel et autres artistes. Onze pièces.

109 — Romances diverses avec entêtes et grands sujets litho-
graphiés, par Grenier, Thenot, V. Adam, Bellangé et
autres artistes. Douze pièces.

110 — **Rousseau**. — Le Chasseur. Eau-forte, par Kratke.
Très belle épreuve d'artiste sur japon.

111 — **Rousseau** (Th.). — La Mare, eau-forte par Kratké. Très belle épreuve d'artiste sur parchemin.

112 — **Rossi**. — Danse devant le Vieux Prince. Superbe épreuve d'essai sur chine.

113 — **Toudouze** (E.). — La Joueuse de mandoline. Eau-forte originale. Très belles épreuves sur japon.

114 — **Touzé**. — Que j'aime ce fruit, — Je t'en ferais goûter. Deux pièces.

115 — **Vibert**. — La Réprimande , gravé par Salmon. Epreuve sur chine.

116 — Vierge à la Chaise. — Vierge au Linge, — Sainte-Marie. Trois pièces.

117 — **Villette**. — Pauvre Pierrot. Vingt photographies.

118 — **Vinci** (Léonard de). — La Joconde, — La Maîtresse du Titien. Deux pièces.

119 — Vénus de Giacomo, — Vierge enlevée au ciel par deux anges. Deux pièces.

120 — **Waltner** (d'après Paczha). — Le Fils de la Veuve. Belle épreuve sur japon, les noms à la pointe.

121 — **Winterhalter**. — Le Comte de Paris enfant, lithographie, par Léon Noel. Épreuve encadrée.

122 — **Winterhalter**. — Louis-Philippe, gravé par Bridoux. Epreuve avant lettre, sur chine, encadrée.

123 — Eaux-fortes diverses, un lot. Trente-quatre pièces.

124 — Sous ce numéro il sera vendu un grand nombre de gravures en lots.

125 — Eaux-fortes diverses. Un lot. Trente-cinq pièces.

VUES DE MONUMENTS

CHATEAUX, ETC.

126 — Vue de l'église de Saint-Denis. Très belle épreuve avant lettre.

127 — **Gravelot**. Vue des eaux de Brunoy, gravée par Choffard.

128 — Vue des ruines du château des Septmons. Vue de la Saône et vue de l'hôtel de ville de Gray. Trois pièces.

129 — Château de Villeneuve. Deux pièces. Soissons. Deux pièces. Quatre pièces.

130 — Amiens. Vues. Trois pièces. Ruines de Septmons. Quatre pièces.

131 — Vues d'Attigny, Arches, Bastia. Trois pièces.

132 — Vues des deux ponts du Gard.

133 — Vues de Lajan et de Bordeaux. Deux pièces.

134 — Champagne. Vues de la Champagne, d'après Savart et autres. Sept pièces anciennes.

135 — Vues de Mézières et Châlons. Deux pièces.

136 — **Chasseriau** (d'après). — Portrait de M. de Magnoncourt, gravé par Chenay. Epreuve d'artiste signée.

137 — Entrée de S. M. Louis XVIII à Paris, passant sur le Pont-Neuf. Un ballon s'enlève. Epreuve en couleur. Courvoisier, dessinateur. Dubois, graveur.

138 — Vue du château et de l'abbaye de Creil. Vue de l'entrée de la ville de Creil. Deux vues des sources de la Scille. Quatre pièces.

139 — Vue générale et vue du rond-point de la cathédrale de Noyon. Deux pièces.

140 — Serrant (Maine-et-Loire). — A M. le comte Ludovic Walsh de Serrant, in-4 illustré de trois eaux-fortes hors texte et de neuf dans le texte.

141 — Les Vaux-Cornay (Seine-et-Oise). — A Mme la baronne Nathaniel de Rothschild, in-4 illustré de trois eaux-fortes hors texte et de neuf dans le texte.

142 — Bonnal (Haute-Vienne). — A M. le comte de Bonnal, in-4 illustré de cinq eaux-fortes dans le texte.

143 — Anet (Eure-et-Loir). — A M. F. Moreau, in-4 illustré de trois eaux-fortes hors texte, et de douze dans le texte.

144 — Josselin (Morbihan). — A M. le duc de Rohan, in-4 illustré de deux eaux-fortes hors texte, et de douze dans le texte.

145 — Vitry (Seine-et-Oise). — A M. Vitali, in-4° illustré de une eau-forte hors texte, et de trois dans le texte.

146 — Monsal (Lot). — A M. Vigne de Salvagnac, in-4 illustré de deux eaux-fortes hors texte, et de douze dans le texte.

147 — La Grangefort-sur-Allier (Puy-de-Dôme). — A M. le vicomte de Matharel, in-4 illustré de une eau-forte hors texte, et de trois dans le texte.

148 — Bussy-Rabutin (Côte-d'Or). — A M. le comte de Sarens, in-4 illustré de deux eaux-fortes hors texte, et de sept dans le texte.

149 — Notice sur le Vieux Paris, in-4 broché.

150 — **Gautier** (Lucien). — Vue à Florence. Très belle épreuve d'artiste avec remarque sur hollande.

151 — **Toussaint**. — La cascade de Saint-Cloud. Très belle eau-forte.

152 — Sous ce numéro il sera vendu plusieurs vues de Paris et autres.

LIVRES ET ALBUMS

152 *bis* — **Bertal.** — Les Communeux, 1871, Types, — Caractères, — Costumes. Paris, E. Plon. 1880. Quarante pièces.

153 — **Boiteau.** — Erreurs critiques de Béranger, in-18. Paris, 1858.

154 — Les Chansons de Gantier-Garguille. Nouvelle édition suivant la copie imprimée à Paris en 1631, à Londres 1658. Chez Prault, in-18, agrandi et dérelié.

155 — Le Coustumier du pays et Duché du Bourbonnais, nouvellement corrigé. A Moulins, chez Pierre Vernoy, imprimeur et libraire du Roi, 1620, avec privilège. Petit in-18, reliure parchemin.

156 — **William Eglinton.** — Twixt two Worlds ; A Narrative of The Life and Work of William Eglinton, by Palmer. Londres, 1886, in-4 cartonné. Cet ouvrage, fait par le grand médium Eglinton de Londres, est très curieux et très intéressant, on y peut suivre les apparitions obtenues suivant la force du fluide du médium. Cet ouvrage est illustré de gravures en couleur et fait suivre les phases de la matérialisation.

157 — **Hermann** (Scharles). — Le beau Nick, conte fantastique. Paris, Aubert. Un album cartonné. Vingt-huit lithographies.

158 — **Laurière** (de). — Texte des Coutumes de la Prévôté et Vicomté de Paris, avec notes nouvelles pour faire le sens et l'esprit de chaque article. A Paris, chez Guillaume Sangrain, 1698, in-18. Rare.

159 — **La Harpe.** — Mélanie ou la Religieuse forcée, in-18. Paris, chez Ponthieu. Paris, Palais-Royal, 1826.

160 — Manuscrit de Juin 1848, tiré à petit nombre, in-18, broché (a dû être imprimé à Bruxelles).

161 — **Millet.** — Souvenirs de Barbizon et Catalogue raisonné de son œuvre par Piédagnel, in-8. Dix eaux-fortes.

162 — Les prophéties de M. Michel Nostradamus, dont il y en a trois cents qui n'ont encore été jamais imprimées, trouvées en une bibliothèque délaissée par l'auteur. A Troyes, par Pierre Chevillot, l'imprimeur du roi, in-12, demi-reliure veau. — A la suite de la septième Centurie, commencent, avec un nouveau titre, les prophéties non déjà imprimées, où il se reconnaît le passé et l'avenir, puis les prédictions admirables pour les ans courant en ce siècle, commençant en l'année mil six cents. Les deux derniers feuillets sont manuscrits. Très bel exemplaire d'une édition rare.

163 — La Pucelle ou La France délivrée, poème héroïque par Chapelain. A la Sphère, à Leyden, chez Jean Sambix, 1716, in-18, cartonné.

164 — **Roberti** S. R. E. Cardinal *Bellarmini* de la Société de Jésus. *De Arte Rene Moriendi,* ouvrage dédié à l'illustrissime et révérendissime Franciscum S. R. E. cardinal Sportium. Coloniae Agripinae. 1726, in-18, reliure genre Duseuil.

165 — Secrets merveilleux de la Magie naturelle et cabalistique du Petit Albert, traduit du latin sur l'original Albert Parvii Lucii. A Lyon, chez les héritiers de Béringos Fratres, à l'enseigne d'Agrippa, 1783, in-18, broché. Édition la plus recherchée par les personnes s'occupant de magie naturelle.

166 — **Septchenes** (Jean). — Histoire des Jésuites. A Paris, 1826, petit in-18, broché.

167 — **Schœlcher.** — Histoire du 2 Décembre. Bruxelles. 1852. Deux volumes in-18, brochés.

168 — Les Stratagèmes des échecs, collection des coups les plus brillants par un Amateur, première partie. Deuxième, Planches où l'on trouve notée la position de chaque coup. A Paris, chez Amand Konig et à Strasbourg, même maison, an X. Un volume veau, in-18, en deux parties réunies.

169 — **Vigny** (Alfred de). — Cinq-Mars, ou une Conjuration sous Louis XIII. Deux volumes in-8, Paris, Deloye et Lecou ; exemplaire broché auquel on a joint un autographe de Vigny.

170 — Vue d'un grand hôtel du faubourg Saint-Germain ; au-dessus du grand balcon, les Armes de France.

171 — Fontainebleau, Palais, Plafonds, Panneaux, Marbres, Panneaux sculptés, Cadres de Glaces, etc. Vingt-six pièces, belles épreuves.

172 — Vue du Nouvel Opéra. Très belle épreuve d'artiste.

173 — Élévation du portail de l'église Saint-Eustache, à Paris. Épreuve coloriée.

174 — Vue de la Place Dauphine, du côté de la rue du Harlay. Épreuve coloriée.

175 — Vue du Pont Notre-Dame, prise du Pont-au-Change, avec la Pompe. Épreuve coloriée. Rare.

176 — Vue intérieure de l'église Saint-Merri à Paris. Épreuve coloriée.

177 — Vue de Paris prise entre le Pont-Neuf et le pont Royal. Épreuve coloriée.

178 — Vue des réjouissances faites sur l'eau pour la publication de la paix devant le palais Bourbon, Épreuve coloriée.

178 *bis* — Le pont Notre-Dame réparé et enrichi de nouveaux ornements. Épreuve coloriée.

179 — **Niel** (Mlle). — Vue de la pompe Notre-Dame, eau-forte. Belle épreuve.

180 — Vue du petit Pont et du quai Saint-Michel, belle eau-forte sur japon.

181 — Vues de Paris. Six pièces, eaux-fortes et gravures.

DESSINS

AQUARELLES, PEINTURES

182 — Andrieux. — Chef de garde-française brandissant un drapeau blanc aux fleurs de lis et suivi de soldats, dessin rehaussé d'aquarelle.

183 — Architecture, ornements, — Galeries de palais, joli dessin à la plume lavé d'encre de Chine. Deux pièces du même palais.

184 — Atelier d'artiste, dessin au fusain et crayon noir, représentant un homme touchant du piano, plusieurs personnes autour du piano buvant ou fumant.

185 — Barque venant pour prendre une dame dans un château à Venise, très jolie sépia. Très beaux ornements architecturaux.

186 — Blasons : Choiseul-Praslin, — de La Rochefoucauld, — V. Perrin, — duc de Béthune, — Nicolaï, quatre blasons aquarelles.

187 — Trimolet. — Almanach 1842, eaux-fortes. Douze pièces.

188 — Blason Lamoignon, jolie aquarelle.

189 — Blason russe, jolie aquarelle signée Brisson.

190 — Bigot (G.). — Sur le bateau-mouche, joli dessin à la plume.

191 — Bigot. — Sur le banc, joli dessin à la plume rehaussé de lavis.

192 — Bouchardon. — Jolie sanguine représentant un tombeau. Un grand piédestal avec brûle-parfums ; au bas, un personnage en grand manteau est agenouillé sur un coussin. Au bas du piédestal, une femme assise, entourée de trois enfants l'air triste ou pleurant, se penche en arrière. Signée, ayant appartenu à M. Davioud, architecte, en 1865, et signée au dos Davioud.

193 — **Chardin**. — Tableau peint représentant des pêches, un citron et des noix vertes, rentoilé.

194 — **Clerian**. — Ruines de couvent, sépia, signée et datée 1828.

195 — **Devéria** (attribué à). — Femme en promenade tenant une ombrelle, aquarelle signée D. V.

196 — **Decamp** (C.). — Chemin dans les roches, dessin au crayon noir, signé.

197 — **Desbrosses**. — Paysage : Soleil couchant, jolie aquarelle, signée.

198 — **Desbrosses**. — Souvenir d'Espagne, aquarelle, signée.

199 — **Desbrosses**. — Une rue à Courgent, aquarelle, signée.

200 — **Desbrosses**. — Près Bièvre. Aquarelle signée.

201 — **Desbrosses**. — Une rue à Mont-Chauvet.

202 — Galeries de Musée avec colonnes, niches avec statues, panneaux peints. Joli dessin à la plume rehaussé d'aquarelle.

203 — **Gallini** (F.). Très belle sépia représentant un palais, grandes voûtes avec galeries à claire-voie. En dehors on aperçoit divers monuments et une colonne.

204 — **Gérard** (Jules). — Son portrait en pied, tenant une carabine, la main sur une carte. Joli dessin rehaussé de gouache et d'aquarelle.

205 — **Lafitte** (L.). — Quatre bustes d'hommes dans l'attitude du serment. Dessin à la mine de plomb, signé.

206 — **Laffite**. — Frontispice pour une histoire romaine. Très beau dessin à la plume signé.

207 — **Mayo** (J.). — Les fleurs de la vie. Jolie aquarelle signée Mayo-77.

208 — Miniature. Portrait de femme, — Louis XVI, dans son cadre.

209 — **Moreau** (Jean-Marie). — Aquarelle représentant la Luxure, sur un talus semé de gazon, retenu par un petit mur en pierre, un cupidon ailé tenant un carquois, et entouré de femmes nues dont une lui dépose une couronne sur la tête ; au pied des hommes offrent de l'or, un veut se tuer, d'autres offrent de l'or, signé.

210 — **Moreau** (Jean-Marie). — Aquarelle représentant le Jeu. Un portique à voûte, dessous Mercure, entouré d'un serpent, tenant des vipères d'une main et de l'autre un flambeau, devant des hommes jouant ; de chaque côté du portique, des femmes nues jouent aux dés et aux cartes, d'autres jouent à d'autres jeux.

211 — **Morel** (P.). — Deux dessins à la plume, signés.

212 — **Pils** (H.). — Cheval se frottant le cou à un arbre. Fusain et crayon noir, signé.

213 — **Redouté** (Attribué à). — Tulipes. Jolie aquarelle.

214 — Sepia représentant un chemin, un canal dont on voit la voûte.

215 — **Raphael** (d'après). — La Vierge à la Chaise, peinture encadrée.

216 — Deux Tableaux, peinture et sujets flamands, ovales, encadrés.

217 — **Somm** (H.). — Sur le banc du jardin. Aquarelle signée.

218 — **Somm** (H.). — Dame en rose. Aquarelle.

219 — **Somm** (H.). — L'Attente. Aquarelle.

220 — **Thirion**. — Femme à sa toilette. Peinture signée à gauche.

221 — **Vernier**. — Carabinier de 1810. Jolie aquarelle signée.

Paris. — Typ. PILLET et DUMOULIN, 5, rue des Grands-Augustins.